Ye

23841

LE TABLEAV DES AMBITIEVX DE LA COVR.

Nouuellement tracé du pinceau de la verité, par Maiſtre Guillaume à ſon retour de l'autre monde.

M. DC. XXII.

LE TABLEAU DES

Ambitieux de la Cour, nouuelle-
ment tracé du pinceau de la verité,
par Maiſtre Guillaume à ſon re-
tour de l'autre monde.

Es plus ſots ſont ceux-là qui ſe van-
tent ſans ceſſe
De leurs extractions, ſans argent, ny
Nobleſſe,
Qui preſument, boufis de magnanimité,
Faire iambes de bois à la neceſſité.
Pauures, & glorieux, veulent pouſſer fortune,
A contre-fil du Ciel, qui leur porte rancune,
Font la morgue au deſtin, & chetifs obſtinez,
Fourrent iuſqu'au retraiſt leurs ſatyrique nez.
Ils fôt les Rodomôts, les Rogers, les brauaches
Ils arboriſeront quatre ou cinq cens pénaches
Au feſte ſourcilleux d'vn chappeau de cocu,
Et n'ôt pas dâs la poche vn demy quart d'eſcu.
Monſieur, vous plairoit-il me payer? il replique
Ie n'ay point de monnoye au courtaut de bou-
tique:

A ij

Puis pompeu x se braguant auec maiesté,
Dira à son valet, suis-ie pas bien botté?
Faizé comme Medor, n'ay-ie pas bonne grace?
Sçay mon dict le Laquay, mais garde la besace,
De gripper la forune, assez vous essayez
Mais tandis les marchands veulét estre payez.
Il n'y dans Paris, tel courtaut de boutique
Qui vous voyant passer, ne vous face la nique,
Et ne desire bien que tous les courtisans
Fussent aussi taillez comme les paysans,
Qui taillables des grands, n'ont point d'autres
    querelles,
Que tailles, & qu'imposts, que gets, & que ga-
    belles:
L'on ne fait rien pour rien, & pour l'odeur du
    gaiu.
Le manœuure subtile prend l'outil à la main:
Mais vous guespes de Cour, gloutonnes sans
    pareilles,
Vous mangez le trauail, & le miel des abeilles,
Et ne ruchez iamais, ny d'Esté, ny d'Hyuer.
    Quand ils sont attachez à leurs pieces de fer,
Et qu'ils ont au costé (cóme vn Pedát sa verge)
Ioyeuse, Durandal, Hauteclaire, & Flamberge,
Ils presument qu'ils sont tombez de Paradis,
Ils pissent les ducats pour les maiauedis;
Les simulacres vains des faux vieux de la Chine
Ne s'oseroient frotter contre leur étamine:
Et Maugisle sorcier, Prince des Sarrazins,
Ni le fameux Nembroth n'est pas de leurs
    cou

Bragardans en courtaut de cinq cés richetales,
Gringottans leur satin, comme apres leurs cim-
     bales,
Piolez, riolez, fraisez, satinisez,
Veloutez, Damassez, & armoirinisez,
Releuét la moustache à coup de mousquetade.
Vont menaçant le Ciel d'vne prõpte escalade,
Et de bouleuerser cracque dans vn moment
Arctos & Antarctos, & tout le firmament.
     La maison de Cecrops, d'Atree, de Tantale,
Champignons d'vne nuict, leur noblesse n'e-
     gale.
Ils sont en ligne oblique, issus de l'arc en ciel,
Leur bouche est l'alambic par ou coule le miel,
Leurs discours nectarez sont sacrosaincts ora-
     cles,
Et demy-Dieux ça bas ne fõt que des miracles:
Mais vn lion plustost me sortiroit du cu,
Que de leur vaine bourse vn miserable escu.
     Ils blasphement plus gros ddeans vne ho-
     stellerie,
Que le tonnerre affreux de quelque artilleric,
Chardious, morbious de pocab de bious,
Est ce la appresté honnestement pour nous?
Torchez ceste vaisselle, ostez ce sale linge,
Il ne vaut seulement pour attifer vn Singe.
Fi, ce pain de Gonés apportez du moller,
Grillez cet haut-costé, sus à boire valet
Donne moy ce chapon, au valer de l'estable,
Car c'est vn durandal, il est plus dur qu'vn dia-
     ble,

C'eſt quelque Crocodil.ttau,au,pille leurier.
Que ce Coc d'Inde eſt flac:va dire au cuiſinier
S'il ſe dupe de nous , s'il ſçait point qui nous
    ſommes,
Et luy dis,ſi l'on traitte ainſi les Gentils hômes?
  L'hoſte qui ne cognoit qu'enigme au afetas
Gentil-homme,Monſieur,ie ne le ſçauois pas
Et quand vous ſeriez tel,c'eſt aſſez bône chere,
Monſieur , que Dieu pardoin , a feu voſtre
    grand pere ,
Il eſtoit bon marchand,i'achetay du tabit
Du pauure Sire Iean,pour me faire vn habit.
Il m'inuita chez luy a curer la machoire,
Mais là le cuiſinier n'empeſchoit ſa lardoire,
N'ayât d'alebrotter que trois pieds de moutô,
Et au ſortir de là payer demy teſton,
L'on n'y regarde plus ſoit ſot ou Gentil-hôme,
Maſſette de Regnier,on préd garde a la sôme,
Car ſelon que l'on frippe,on paye le gibier,
Le noble tout autant,que le plus roturier,
Quand c'eſt ſemblable laine,autant verte com-
    me iaune,
Ainſi bien manioit voſtre grand pere l'aune.
    A vray dire ces fats,ſont quelquefois iſſus
D'vn eſperon,d'vn lard,d'vn ventre de merlus
D'vn cliſtere à bouchon, d'vn ſoulier ſans ſe-
    melle,
D'vne chauſſe à trois plis, d'vn cheual, d'vne
    ſelle,
D'vn fripier,d'vn grateur de papier mal eſcrir,
D'vn Moyne deſrocqué,d'vn Iuif,d'vn Ante-
    chriſt,

D'vn Procureur crotté , d'vn pescheur d'es-
  creuice,
D'vn serpent , d'vn bourreau, d'vn maroufle,
  d'vn Suisse,
Et cependant ils font les beaux, les damerets,
Et ne pourroient fournir pour deux harencs
  sorets,
    Mais lisez vos papiers, vos pancartes, vos
    tiltres,
Et vous vous trouuerez tous issudę belistres,
Mille foisplus petirs encor, que des cirons,
Et plus nouueaux venus que ieunes potirons,
Qu'il vous faut humer fraiz, comme l'huïstre
  en escaille,
Et que voftre maison n'eft pas vne anticaille.
  Venons fur *memento*, nous fommes tous *cisis*,
Mais d'vn *reuerteris*, gardez d'eftre punis.
Qui faict plus qu'il ne peut au monde de def-
  pence,
Il a plus qu'il ne veut, au monde d'indulgence,
Pour amortir l'orgueil dę mille vanitez.
Confiderons iadis quels nous auons eftez,
Et faifant à nature vne amende honorable,
Dis fuperbe, i'eftois vilain au prealable
Que d'eftre Gétilhomme: & puis que de vilain
Ie me fuis anobly du iour au lendemain,
De iour au lendemain ie peux chãger de tiltre,
Et de petit Seigneur, deuenir grand beliftre,
Et en fiecle d'airain, changer ie fiecle d'or,
Et deuenir foudain *de Confule Reiher.*
  I'ay veu des pins fort hauts efleuer leurs per-
  ruques

Par sus le front d'Iris, & tout d'vn coup cadu-
  ques
Arrangez sur la terre, & ne seruir qu'au dueil
D'vn cadauer puant, pour faire son cercueil.
I'ay veu de Pharaon les pompeux exercites,
Et contre Iosué les fiers Amalechites,
Gipper, triper, friper, & apres vn combat
Ie passe derechef, *& ecce non erat.*
Sur la flotante mer ie voyois vn nauire,
Qui menaçoit la terre, & les cieux de son ire :
Mais tout soudain rompant le cordage, & le
  mast,
Ie cherche mon nauire, *& ecce non erat,*
Iay veu ce que iay veu, vne rase campagne,
Enceinte deuenuë, ainsi qu'vne montaigne,
Qui pour mille geants enfanta qu'vn seul rat.
Ou est-il ? ie regarde, *& ecce non erat.*
Bref que n'ay-je pas veu, que ne comtemple-ie
  ores?
Et auát que mourir, que ne verray-je encores?
Le monde est vn theatre, ou sont representez
Mille diuersitez de foux & d'esuentez.

   O constante inconstance ! ô legere fortune!
Qui dóne à l'vn vn œuf, & à l'autre vne prune,
Qui fais d'vn Charpentier vn braue Mareschal
Et qui fais galoper les asnes à cheual,
Qui fais que les Palais deuiennent des tauernes
Qui sans miracles fais, que vessies sót lanternes,
Qui fais, que d'vn viel gant, les Dames de
Paris
Font des gaudemichis, à faute de maris:

Que le Sceptre d'vn Roy se fait d'vn l'aune,
Que le blanc deuient noir, & que le noir est
    iaune,
Qui châge quelquefois les bónets d'Arlequins
Aux Couronnes des grands, & les grands en
    coquins,
Les marottes en sceptre, en tripes les andoüilles
Les chapperons en houpe, en glaiues les que-
    noüilles
Le rosti en boulli, vne fille en garçon,
Le coutre en bon castor, & la buse en Faucon.
    Ie puis sans y penser des Stoïques escoles,
Ie croy ce que disoient ces sçauans Picrocoles,
Qui sans hypotequer cinq cés pieds de moutó,
Où l'on n'en void que quatre, arrestez au *fatü*
Disoient de toute chose, ainsi plaist à fortune
Que si quelqu'vn gardoit les brebis à la Lune,
Pendillant tout ainsi qu'vn bordin vermoulu,
Ils repliquoient, ainsi fortune l'a voulu.
Si d'autres ils sentoient de qualité fort basse,
Eleuer iusqu'au ciel leur gráds becs de becasse,
Ils disoient, en voyant ce Crœsus dissolu,
Que voulez-vous? ainsi fortune la voulu,
Donnant cóme elle veut à chacun sa chacune:
Car tel ne cerche rien, qui rencontre fortune,
Et souuent c'est â ceux qui ne la cerchent pas,
Qu'elle fait les deux yeux de ses doubles ducas.
    Ha! que si l'Alchimie auoit dans sa cabale
Cette pierre trouuee, qu'on dit Philosophale,
Les doctes porterciét iusques au ciel leur nez,
Et Chimistes sans plus, se diroient fortunez.

B.

De fortune icy bas l'on ne parleroit mie,
Ceux là seuls seroient grands, qui sçauroient
            l'Alchimie.
    Vous ne veriez alors tant de docte esprits,
Bottez iulqu'au genoüil des crottes de Paris,
Mal peignez, deschirez, le soulier en pantoufle,
Les mules aux talons, n'ayât rien que le souffle,
Et le foüet en la main, pauures predestinez,
Recouurer au Lády deux carts d'escus rognez,
Pour se traitter le corps le long d'vne semaine,
Domine sans conter, ny l'huile, ny la peine,
Les plumes, le papier, l'ancre de son cornet,
Vn sol pour degresser les cornes du bonnet,
Deux sols au sauetier, qui son cuir rapetasse,
Vn double au laniteur, pour balier la classe,
Sans conter le barbier, qui luy pend au mentô
Vne barbe de bouc, d'Albert & de Platon
Vn pair de rudiments, vn bon lan Despautaire,
Et mille autres fatras, qui sont dans l'inuetaire
D'vn pedant affamé, comme vn asne baudet,
Plus amplement a vous *que glosa recluder*.
    Mais auiourd'huy l'ó tiét à mespris la sciéce,
Et fortune ne rit sinon à l'ignorance.
Vn hôme bien versé, ce n'est rien qu'vn pedân,
Les asnes vont en housse & tout est à l'encan.
La vertu sur vn pied fait sentinelle alerte,
Madame la faueur, tiét par tout cour ouuerte,
Et dans les Magistrats, parens fourrent parens,
Ainsi que l'on entasse en cacque les harens.
suyuant comme poussins, sous l'aisle de leur
            mere.

Tout va au grand galop, par compere & com
        mere:
Le vieillard Phocion, & le docte Caton
N'y ont pas du credit pour vn demy teston.
Dans ces ieunes conseils la vieillesse rauasse,
Quelque riche bedon, sol, & ieune couillasse,
S'il a sans droit, sans loix, quantité de ducats,
Se fera proposer à dix mille Aduocats,
Qui auront dans l'esprit, la science & l'escole,
De Iason, de Cujas, de Balde, & de Bartole.
      L'Vniuers aujourd'huy est sans foy & sans
            loy,
La vertu de ce monde, est quand on a dequoy
Le sçauoir est vn fat, l'argent nous authorise,
L'on ne peint la vertu auec la barbe grise,
Son habit est de femme, & ieune est sa beauté,
Pourquoy les femmes donc, n'ôt cette dignité
Plustost que ces friands Obereaux de Beausse,
Qui de l'homme n'ont rien que le simple haut
        de chausse?
      Que si cela est vray, pésez-vous Courtisans,
Sans argent, ny faueur paruenir de cent ans?
Pensez-vous sans argét, noblesse, ny doctrine,
Obtenir des estats pour vostre bonne mine?
Que pour friser, porter belle barbe au mentó.
Vn Bâquier vous voulust prester demy teston?
Vous estes de grands sots, si de ses ombres vai-
        nes
Vous allez repaissant, vos trauaux, & vos pei-
        nes.
Pour faire rien de rien, il faudroit estre Dieu:

Mais vous n'auez arget, ny ſçauoir, ny bõ lieu
Tu viésaccõpagné des neuf Muſesd'Homere
Mais tu n'apportes rien, rien on ne té reuere,
Tu n'es qu'vn Triboulet, & quand & quand
    pour lors
Auecques tes neuf ſœurs, tu ſortiras dehors.
Dieu d'Amour peut beaucoup, mais mõnoye
    eſt plus forte.
L'argent eſt touſiours bon, de quelque lieu
    qu'il parte,
N'eſperez ſeulement un eſtat de Sergent.
Si pour vous faire tel, vous n'auez de l'argent.
Si quartier chez le Roy voſtre bon-heur re-
    couure
Sera au Chaſtelet, pluſtoſt que dans le Louure,
Alors vous ne viurez, n'ayant pas le dequoy
De vous entretenir, ſinon du pain du Roy:
Là vous n'auez beſoin de cheuaux ny de guide
Exempts de guets, d'impoſts, de tailles & de
    ſubſides.
Tous ces eſprits falots, boufis comme balons,
Qui veulent eſtre grands de ſimples Pantalõs
Qui le fient de porc veulent nommer ciuette,
Et faire vn brodequin d'yne ſimple brayette,
Qui de l'eſclat d'vn pet veulent peſer vn cas,
Et d'vn marauedis faire mille ducats.
Tous ces dreſſeurs d'eſpoirs, ces feux imagi-
    naires,
Ces Courtiſans parez comme reliquiaires.
Ces Raiſez, ces Medois, ces petits Adonis,
Qui portent les rabats bien froncez, biẽ vnis.

Ces fils gauderonnez d'vn Pater la douzaine,
Voyét presque tousiours leur esperáce vaine:
Que celle qu'enfantât se promet vn Geant,
Ne produira sinon du fumier tout puant,
Lequel pour tout guerdon, dónera la repeuë
A quelque nez camard, qui ja en éternuë,
Auecques leurs espoirs les Courtisans sont
    foux,
Que bien-heureux sont ceux, lesquels plantét
    des choux:
Car ils ont l'vn des pieds, dit Rabelays en terre,
Et l'autre en mesme téps ne l'eloigne de guiere
Il n'est que le plâcher des vaches & des bœufs.
I'ayme mieux qu'vn harenc, vne douzaine,
    d'œufs,
Et ie m'aymerois mieux passer de moluë frais-
    che,
                         (che
Que d'hazarder mon corps à pratiquer la pes-
Ostez moy cet espoir, car ie n'espere rien
Que d'estre vn pauure Iob, sans secours & sans
    bien.
Que fortune tousiours, qui de trauers m'a-
    guette,
Ne me voudra iamais baiser à la pincette:
Et ie mourray plustost sur vn fumier mauuais,
Que dans quelque cuisine, ou dans quelque
    Palais
Vous diriez que ie suis vn baudet & vn asne,
D'attaquer de brocards la secte courtisane,
Veu mesme que ie vais, il y a plus d'vn an,
Botté, esperonné, ainsi qu'vn courtisan.

Que c'eſt d'eſtre ignorant , auoir l'ame peu
    caute,
Que reprédre l'autruy, & ne voir pas ſa faute:
Car de la ſapience, & le don & l'arreſt,
C'eſt cognoiſtre ſon cœur, & ſçauoir qui l'on
    eſt:
Il faut auant l'autruy, ſoy meſme ſe cognoiſtre
Et comme Lauria, nous ne deuons pas eſtre
Des taupes dans chez nous, & des Linx chez
    l'autruy,
De peur qu'au Charlatan, qui ouure ſon eſtuy
Pour penſer l'empeſcher , & luy meſme à la
    perte,
L'on ne diſe, Monſieur, vous n'eſtes qu'vne
    beſte.
    Auant que de donner aux autres gueriſon.
Monſieur le Charlatan, *medica te ipſum.*
Il eſt vray, par ma foy, i'ay ſuiuy ceſte vie,
Mais en apres, Meſſieurs, ie n'é ay plus d'éuie,
I'ay franchi ce foſſé, & en ſortant du lieu
Ie n'ay pas oublié, meſme à leur dire à Dieu.

A D I E V.

www.ingramcontent.com/pod-product-compliance
Ingram Content Group UK Ltd.
Pitfield, Milton Keynes, MK11 3LW, UK
UKHW022258070726
13613UKWH00005B/2375